유수는 길을 만든다

도서출판 작가마을 작가마을

유수는 길을 만든다

초판인쇄 | 2015년 5월20일 **초판발행** | 2015년 5월30일
지은이 | 이광수 **펴낸이** | 배재경 **펴낸곳** | 도서출판 작가마을
등록 | 2002년 8월29일(제02-01-329호)
주소 | 부산시 중구 해관로 31-1 남경빌딩 303호
　　　부산시 중구 대청로 141번길 15-1 대륙빌딩 301호
　　　T. (051)248-4145, 2598　F. (051)248-0723
　　　E-mail: seepoet@hanmail.net

정가 / 9,000원
ⓒ2015 이광수

　국립중앙도서관 출판예정도서목록(CIP)

　유수는 길을 만든다 : 이광수 시집 / 지은이: 이광수. — 부
　산 : 작가마을, 2015
　　　p. ;　cm

　ISBN 979-11-5606-029-1 03810 : ₩9000

　한국 시[韓國詩]

　811.61-KDC6
　895.713-DDC23　　　　　　　　　　　CIP2015015682

※이도서의국립중앙도서관출판시도서목록(CIP)은 서지정보유통지원시스템홈페이지
(http://seoji.nl.go.kr)와 국가자료공동목록시스템 (http://www.nl.go.kr/kolisnet)에서
이용하실수있습니다. (CIP제어번호: CIP2014034479)

한국문화예술위원회　부산광역시　부산문화재단
Arts Council Korea　BUSAN METROPOLITAN CITY

본 도서는 2015년 한국문화예술위원회, 부산광역시, 부산문화재단 지역문화예술특성화지원사업으로 지원을 받았습니다.

유수는 길을 만든다

이광수 시집

유수는 길을 만든다

유수는 길을 열고
그침 없이 물길을 만들어 갈 때
낭떠러지를 만나도 어리둥절하지도
절망하지도 않고
담소潭沼를 만들어 쉬어가는 여유

펑퍼진 모래사장에 이르러서도
노닐며 반짝반짝 멋을 날리기도

물길을 따라가다 보면
삶의 길을 보여주고 들려주네
느긋한 모습을 배우고 익히며
조급한 마음을 씻어내는 순리에 젖으면

생의 활력이 물길처럼 활짝 열리고
담소潭沼를 만들 수 있는 지혜를
지구를 감싸고 있는 물에서 배울 수 없다면
어디에서 알을 깨고 나올 수 있으랴

2015년 봄
이광수

이광수 시집

|차례|

유수는 길을 만든다

3부 그침 없는 노래

이광수 시집

4부 길의 표정

유수는 길을 만든다

1 부

벽오동의 노래

바람의 길

강으로든 산으로든
미끄러져가는 발길 막을 수 있을까마는

그대 훠어이 보내지 못하고
그건 길이 아니니 되돌아오시오
툭하면 말뚝 박아 목을 붙들어 매는
내 속 좁은 심사라니

세상 모든 것,
저 태양의 어질머리에 퇴색하고
세상 모든 길,
따스한 골 따라 길을 내는 것을

닳아빠진 지남철 하나 없이
무엇을 믿어 그리도 당당히
절벽이요,
되돌아오시오,
나는 왜 자꾸만 푯말을 세우는지

저 억새밭 붉은 울음

모래사막 걸어온 낙타
무릎을 꿇고
시위를 떠난 해
곡선점에 떨어지고
한 생애
좋은 한 철이 산그늘에 지고 있다

온 몸 태워
검은 재가 될 들불이 일어나서
저 억새밭 붉은 울음
눈시울을 뜨겁게 하는데
초원을 달리는 들소 내 몸 밟고 지나간다

기름진 혀를 가지고도
침묵하는
나무들 같이
바람 자고 별 내리면
오늘 하루 또 저물어
가슴속 새 한 마리를 꿈길로나 날려본다

만추晩秋

낙엽을 밟으면
지난 한 세월 갉아먹은 풀벌레 소리

꽃내음 묻어나는
가슴팍 아릿하게 달군 산자락

땀으로 얼룩진
여름의 막장일 끝나고
내면 속 등불을 밝히는 시간

낯선 곳을 떠도는 얼굴들
가랑잎 같은 발자국 소리
정갈한 바람을 몰고 오는 나그네

정적으로 말하는 산하

나란히 펼쳐져 있는 능선 사이에
풀씨 떨어져

싹이 나고 꽃이 피어
무성한 잎새들 사이로
날아오르는 향기

이제 꽃 대궁이만 남은 꽃대들
잎사귀 떨구고 조용히 침묵하는 나무들만

하늘이 내린 흰옷 걸쳐 입고
나의 뒤에 발자취를 남기고 있을 뿐

홍조로 물든 복사꽃 마냥
내 생활 속을 환하게 비춘다 해도

산그늘 길게 내려 앉아
어둠 하나 밝히지 못하는 내 눈

세상을 아름답게 채우는 향기 바라지만
나무의 얼룩진 그림자만 소리 죽이고
말간 정적으로 비비대는 산하

벽오동의 노래

죽어 못 눕고
살아 떠나지 못한 그루터기
저렇게 선 나무도
뒷모습을 거느리는지
달 아래 제 그림자를 팔베개하고 누웠다
혈관을 타고 역류한
푸른 피도 향기롭게
그 싱싱한 몸뚱이로 새벽빛을 끌고 와서
비 개인 아침나절은
꽃 없이도 찬란하고
생전에 심은 나무 저승에서 기르시나
창호지 칸살마다
소복소복 쌓이는 풀벌레 소리
낱낱이 귓속에 담고 사랑채를 지키더니
한세상
지고 온 짐 헌옷처럼 벗어놓고
노잣돈 쌓아놓고
하늘 길도 보여주는
내 뜨락 까치 한 마리 봉황인 듯 울고 있다

저물어가는 시간

서산 등성이에 걸터앉아 있는
저녁 해를 본다
새털구름에 빗질하는 황혼 빛이 풀려
빈 들판에 희미하게 얼개를 짜는 것을

한 해를 마감하는 나이테
가지가지 빛깔을 담아놓은 디스켓처럼
되감아 넘어가는 나의 일기장

연초록 야윈 버드나무 손결이었다가
갈매 짙은 매미소리였다가
벌판을 쓸고 가는 황금물결이었나

마침내 거리에 울려 퍼지는
은빛 징글벨의 여운
가슴에 담고 있는 정겨운 사람들이
눈발을 휘저으며 스쳐 가는데
가보지 못한 길에 눈이 쌓인다

어둠 속의 한 빛

짙은 안개가
시야를 가린다

소리 지르지도 못하는 벙어리처럼
꽉 막힌 답답한 가슴으로
지나가는 차량을 조심스레 스쳐가야 할 때

역광을 받는 시간
터져나오는 불평과 당황하는 눈빛으로
지나가는 운전자들

굳어진 모습을 가누지 못해 상소리라도 나올 듯
일방통행으로만 달려가라는
표지판을 알아차리지 못한다

야음을 휘감고 달려가고 있을 때
마주 달려오는 헤드라이트의 촉광이
신호를 연이어 보내오고 있다

한 폭 동양화 여백을 생각하며
허둥대는 나의 마음을 한 박자 늦추어준다

어둠 속에서
매화꽃 향기 피어오르듯
상큼한 선행의 순간이 있다

우물에 갇히다

어둠이 포장한 길을
숨차게 달려온 자동차
한숨 돌리듯 주차장에 멈췄을 때
화가 치민 뒷바퀴 하나
화끈 화끈 열을 올리고 있다

투덜투덜 몸짓하던 것을 아랑곳하지 않고
돌아갈 길만 재촉하던 나에게
화끈거리는 열을 뿜는다
단물 빠진 껌처럼 내뱉고 있다

사랑한다는 건
깊은 우물 속에서 빠져나와야 한다는 것,
아픈 마음 알알이 어루만져야 한다는 것,
너에게 두루 관심을 기울여야 한다는 것,
뜨거운 이마 자주자주 짚어주어야 한다는 것,

치자나무

하얀 꽃봉오리
봉곳이 달고 나온 희망
꽃가지 들고 바람 따라 뿌리는 향기 속
서서히 철이 들어 향낭이 영글어 가면
등황색으로 익어가는 치자
실로 꿰어
따글따글 말려두는 알뜰한 손결
천연색을 살려보랴
천연향을 내어보랴
고방에 걸어두고 철철이
쓰임새가 따로 있다

삼베옷을 색깔 나게 만들어주고
명절이 다가오면 그윽한 색향을 조리하던
발목 삔 자리에 으깨어 발라주던
마른 기침소리로 들려오는 현비顯妣의 향기

＊현비(顯妣): 돌아가신 어머니를 일컬음

포용

숲 속 둘레길을 가로질러
능선을 따라 올라가다 보면
누렁소의 등을 쓸어내리듯
맨발로 황톳길을 하산하는
사람을 만날 때도 있지만

솔밭을 지나갈 때
비올라를 켜는 화음을 들으면
산길을 내려오는
사람들의 수군거리는 발길보다
가벼워지고 늘어지는 나의 발걸음

짜릿한 포옹이 아니라도
감싸 받아들이는 향긋한 분위기를
산의 생명들이
제각기 뿜어내는 색채를
유념코 바라보지 않을 수 있으랴

절기 따라 다르게 알려주는

자연의 질서와
너그럽게 감싸주는 포용을
천연의 바람대로
울울창창한 숲 속에 동참하고 있는

하산下山을 하며

언덕을 넘어
산을 내려간다는 것은
어딘가 닿아야 할 본래 자리 있음인데
아랫목 배를 깔고 누워
평민사平民史를 쓸까 한다

등짐 벗어 산 위에 구름으로 걸어놓고
평지 같은 넓은 세상
물길로나 달려가서
한사리
밀물로 드는 만삭인 그대를 안고

하루하루가
천일 같이 물가에 앉아
하늘을 쳐다보다
바다 한 번 내려 보며
가슴 안 눈 낚싯대로 나를 건져 올리면서,

2 부

밤비는 손님처럼

석계리 추억

사람들은
굽어진 냇물 따라 대처로 가고
고삐도 놓아버린 밤낮 부린 늙은 암소
내 어린 콧물도 닦아 바다로 흘러갔다
어린 소나무
뼈가 굵어 아름드리 안아보다
모진 세월 살아내다 옹이져서 거칠어도
제 살을 깎아 세우는 이정표로 남아있고
나무도
오래일수록 어른을 닮아 근엄하고
한 자리에 부린 생애 저리도 넉넉하여
뒷짐에 큰기침하고 마을머리 들어섰다
무명베
질긴 안개라도 새벽길은 환하여서
한 걸음 내쳐 서서 선창하고 가는 물길
다정히 어루만지는 바람결도 향기롭다

반촌 이야기

마을 개 짖는 소리
잠든 유적을 파헤치면
마디 굵은 손으로
지등 밝혀 내다 걸고
굴뚝에 흰 연기 올리던
등 굽은 내 어머니

농자지대본農者之大本
그 말씀 유언처럼 섬기다가
고실고실 마른 흙이
장맛비에 무너지고
천하가 평지 들판 같은
그런 날이 도래했다

연 사흘 비도
못 채운 멱통 큰 천수답
멍석자리 깔고 드는
산그늘도 무거워서
세월의 때도 묻었는지

깎인 돌에 핀 초록이끼

새벽의 창문 너머 빗소리에
되밟아드는 기억 저 끝
논갈이
쟁깃날보다 가벼운 포크레인 자국
길가에 핀 엉겅퀴만 복고풍을 웃고 있다

달집에 불이야

농한기 마을 앞 빈터에
빡빡하게 청솔가지 얽어 놓으면
풍년을 기원하는 달집이 우뚝 선다

무자식 상팔자라는 말은 어디 가고
아기를 희원하는 사람들
달집에 불을 서로 먼저 놓겠다고
고성이 오갈 때
대보름달 얼굴 내밀고
허허허 웃는 웃음이 둥글다

왁자지껄 달집을 둘러싸고
춤추는 소란
너도 나도 소원성취 흰 쪽지
집집마다 가족 이름 열을 세우고
안택, 화평의 날개를 달아
날려 보내는 소지燒紙

불길 따라 하늘로 하늘로

불꽃을 삼키는 연기
열망이 열 받은 불빛이다

하늘로 치솟는 불빛 따라
두 손 모아 치솟는 기원의 불기둥이다

가로수

대처大處 한가운데
부러 찾은 산중귀골
오금 저려 시린 발목
예를 지켜 반듯하고
적당한 거리를 두고
길눈 밝혀 묻고 있다

곁가지 자르고 다듬은 몸매로
길들여서 앞 뒤 없는 낱말들로
근엄하게 선 마른 가지들
총명한 제왕처럼 전열부터 다스렸다

은밀한 우주의 비밀을
소곤소곤 열어보다
때묻은 헌옷을 깔고
나래 접고 드는 잠에
원년의 기억 속으로 꿈길 밝혀 가 보았다

발붙일 곳 없는

바람도 초저녁별이 되어 깃들이고
팔차선 도로를 따라
가고 오진 못하여도
계절은 손에 쥔 지휘봉 하나에
차례차례 움직였다

적막의 순간은 짧아도
— 이상화 스피드스케이팅 선수*

검투사처럼 마주 선 결투가 아니지만
두 선수가 옆으로 나란히 서서
출발신호가 적막을 터뜨리는 순간
스케이트 칼날에서 불꽃 튀는 스피드
빙상을 가른다

'뜀박질아 날 살려라'
보폭을 늘리고 쫓고 쫓기는
간발을 넘어 급박한 환호를 쟁취하기 위해
빙상의 링을 휘젓고 돌아가며
폭발적 스퍼트로 경쟁자를 앞서 가는 기량만이
세기의 영광을 숨막히게 잡는 것이라고

푹 꺼진 폐타이어에 끈을 묶어
양 어깨에 걸고
산길과 돌길을 투덜거리는
폐타이어를 끌고 달리는 것도
산악자전거를 타고
비탈길을 평지처럼 달리는 것도

하체근력을 단련하는 폭발력을 기르기 위
해서라고……

출발선상에서 막막한 희망을
결승테이프를 가슴에 걸치고
먹먹한 경악을 피워 올리는 금빛을
2010년 밴쿠버올림픽에서 누렸지만

그 영광도 잠시
그 해 말 발목부상으로 불운을 겪으면서도
성숙한 의지로 거듭 다지고 올라서서
또 한 번의 세계신기록
강철같이 단련한 허벅지의 순발력이라고!

＊2010년 밴쿠버올림픽 스피드스케이팅에서 금매달을 쟁취. 2013년 1월22일 월드컵종합
우승을 차지하고, 한국선수 최초로 스피드스케이팅 그랜드슬램(올림픽·세계스프린트선수
권·종별 세계선수권·월드컵종합우승)을 달성했다

밤비는 손님처럼

한밤중
내리는 빗소리
머리하고 누웠다가
젖은 발 들여놓고 들판처럼 앉은 여자
몽돌밭 먹자갈로 씻은
오래 잊은 얼굴이다

오지랖에 비밀서찰을 품고
날 찾아 온 이
창문 열고 내다본즉
돌아서는 검은 머리
뜰 앞에 나뭇가지만 헛손질을 하고 있다

이름 하나 품고 잠들면
꿈길로도 오실 것을
마음속에
쏠린 귀는 닫힌 문도 활짝 열고
뜬눈에 안 보이던 것이
새벽빛을 토해냈다

찻잔을 비워내듯
절망 씻고 녹물도 씻어
처마 홈대를 따라 막힌 피도 흐르는지
새는 날
땅심을 받아 솟구치는 무지개빛

팔월, 건장한 햇발

그의 불기둥이
바닷물 진액을 태우고
소금기 절은 머리카락 풀고 일어났다

벽을 타고 올라
창틀을 딛고
촘촘히 가시광선 박힌 손바닥을 펴
내 습한 무릎에 얹는다

그의 주술에는 누구라도
한방에 넘어진다
그의 부신 옷자락이 내 엷은 감성의
어깨에도 스친다

짧은 폭발음
골절된 일상의 뇌리에 스파크 일었다

스멀거리는 발가락도 서슴없이
그의 손 아래로 뻗어간다

득실거리는 곰팡이균 쓰러지고

그의 투시안에 무엇을 감출 수 있을까
양심의 겹주름에 끼인 굳은 살결이며
가슴 속으로 흐르는 물무늬까지도

그를 만나려면 훌훌 껍질 벗어 던지고
고압이 흐르는 뜨건 터널을 지나야 한다

목이며 어깨, 영혼의 뼈
실하게 충전해야 한다
겨울바람 미친 춤사위에도 버티어낼
골밀도 조밀한 담력을
키워야 한다

오늘 아침 붉은 어지럼증 뒤에 태어난
행성 하나
훤한 하늘에 떠 있다

예술인 향연의 밤* 1
—김예린의 장구춤

분장실도 대기실도 없는 디너쇼의 무대
계단으로 올라가서 출연하는 모습
서성이고 있던 긴장된 거동을 벗어 던지듯
덩더꿍 장단이 굴러 나온다
여인의 가냘픈 어깨에 걸치고 나온 장구
어설픈 어깨끈이 바쁘게 몸과 함께 돌아갈 때
어! 하고 보는 순간
장구를 등 뒤로 돌리고 휘몰이 한다
장단을 맞추는 솜씨
앞으로만 장구의 장단을 맞춘다고!
장구를 등 뒤로 돌려놓고도
몸을 휘젓는 장구춤
관중은 숨을 죽이고 장단을 맞추듯
크고 작은 음색에 발바닥 구르는 소리 들릴 듯
기량을 발휘하는 신들린 바람끼
입신을 찾아들어가는 무념의 연속이다
신기가 발동되는 예기藝妓의 신바람이다

*부산예술문화단체총연합회의 2014년 송년의 밤에

첫눈 오는 날

늠연한 산
식솔들 등 부빌 가장처럼 앉았다

접은 날개 훌훌 털듯
가난 벗어 내던지고
문지방 높낮이 없는 평지낙상하고 있다

땅 하늘 천지가 분간 없이 희멀건 날
사람소리 간 데 없는 초막에도 피는
저 꽃
언 손을 불어녹이는 눈물시린
슬픈 그 꽃
벗어날 수 없는 운무처럼 피어나는
차디찬 꽃

어찌하랴 이 굴레
하룻밤 새 하얗게 쇤 중년 사내의 머리
오늘날 우리 주변에
가슴 아린 얼음꽃

새 아침의 시인

버금가지도
맞먹지도 않아
비길 데 없이 우뚝한 모습
일만이천봉 금강산이 비길 곳 있던가

금강산, 자연이 내려준 것이라면
그대 우뚝 솟은 자리는
풀섶의 벌레 물어 나르던 개미의 얼룩
쉬임없이 언어의 티끌을 모아
역청을 바르고 쌓아 올린 땀의 흔적

하나의 시로 태어나
사람들 쓸쓸한 가슴에 억새풀로 흔들리는 일
가을 시어로 산을 붉게 물들이는 일
눈에 보이게 하루 이틀의 품으로 될 수 있으랴

광맥을 따라 모진 바위 뚫어가듯
어둠을 밀어내는 촛불의 힘으로
창끝 같은 창의력

한번 휘두르면
언어의 빛으로 태어나는
번쩍번쩍 날빛 돋는 새 아침의 시를

바람소리

마른하늘 휘돌아 묏부리 할퀴고
백양나무 까치둥지 길게 흔들었다

너 스쳐간 자리 빈 나뭇가지만 남아
잠든 가슴 밤새 후벼 팠다

남아있는 어지럼증
너의 소리
살금살금 닫힌 문고리를 흔들었다

가는 곳마다 잠잠한 영혼들이 호명되면
저 부드러운 물살 어디에 그런 힘이 들었을까
누가 저 순한 눈에 광기를 몰아넣었을까

모질게 들판을 헤집고 가는
너의 우는 소리
빈 들판의 영혼을 울리고

어둠 속으로 들어가 더한 어둠이 되어도

너는,
내가 품고 있은 모든 것

너의 부재가 일으킨
물갈퀴 베다 온 몸이 무디어져도

피 맑게 헹구어지는,
나는 잠시
입신의 경지에 들었다

석계리의 가을

씻고 닦아도
지워지지 않는 표정
깊게 박힌 문신 같은 그리움이
다글다글 뜨겁게 달궈지는 제곳*

게으름에 빠진 허수아비
긴 손 사래질로 헛손질하나
정작 새떼들
하늘로만 뻗어가다 다시 내려오며
짹짹이는 군무^{群舞}

꽃이 제 몸에 저물고
생의 영욕이 왕성한 잎새들
서슴없이 가지를 버리고 떠나다
가볍고 메마른 것들만 남아
빈 들판을 지키고

바람난 바람이
살구나무 밑둥치를 흔드는 밤

언젠가
떠났던 빈집을
내가 덮고 잔 이불처럼
따습게 바라본다

*제곳: 제고장

석계리의 겨울

천성산 화엄벌
억새밭을 치달리던 복병들
빙하의 찬바람 몰아내고
신천지를 건설할 모반의 소용돌이

하늘과 땅이 꽝꽝 어는
발소리까지 아둔케 하는 들 끝
집안에만 있던 그 해 겨울은
까치들이 유난히 늙은 돌배나무를 싸고 돌았다

눈발이 나뭇가지를 매질하면
침묵은 추위를 움켜쥐고
부르르 살을 떨었다
아버지는 여물을 잘게 썰며 숨이 차고

피―후 한숨만 죽이던 마구간 쇠죽솥
아궁이 벌건 장작불은
바짝 마른 겨울 가난을
하늘로 쏘아 올렸다

3 부

그침 없는 노래

만행 萬行

물소리 귀에 가득한 날은
들길을 따라 가고 싶다

고삐 풀린 황소처럼 빈 들판을 헤매다가
우물에
물 한 바가지 반달만큼 퍼 마시고
자갈 모래
맨발로 밟고 땅 끝까지 걸어가서
지친 발목 어루만져 줄
그 바다에 발 담그고
비바람 눈보라 치는 날에
등대처럼 서고 싶어
돌아갈 수도 없는 땅 끝에 서면
텅 비워 다시 채우는
바다를 보겠지만
살아서 퍼덕거리는 그 몸짓을 알겠지만

터벅터벅 걸어가는 길의
끝이 어딘지 알 수 없는 …

물의 잠언

한 갈래 혈통
만 갈래로 뻗었으나
만 사람 입을 모아 한 소리로 엮어낸 것
풀잎에 잠든 이슬이 또옥 똑 똑 또그르르…

태어나 이때까지 앞만 보고 걸어온 길
한자리 모여 앉아 돌아보는 곳이라도
한 순간
처음과 끝이 마주잡는 제 자린데

꾸밈없는 품세로 활력까지 뽐내자면
바닥을 친 하층민의 신음소리 들어보라
아무리
난장을 쳐도 눈빛 푸른 제 바다

생사비단 속저고리 옷고름 푸는 소리
이가 시린 대접 물로 살 속에 깊이 새겨
물명주
한 필 풀어도 그 속만은 못 닿겠다

섬

썩은 짚단 누운 내 머리맡이
어지럽다
누가 던진 돌이더냐 가슴 핑 돈 파문 하나
이 아침
세숫대야에 물새 소리 담겨 있다

구름처럼 떠다니다 눕지도 못하고서
이 몸
둘러싸고 몰아치는 흰 울타리
눈 감고 귀 기울이면 하늘 문도 여닫았다

축담에 놓인 신발 사흘 째 그대론데
건너보다 돌아 앉아 밤새워 우는
저 바다
속이 빈 백자 항아리에 짠물을 퍼 담았다

순백의 의지로서 지탱한 그 무엇이라
벌목 톱질 소리 쓸어 눕힌 우듬지로
내 안에
푸른 옹벽을 연장 없이 허물었다

극락조화

이글이글 뿜어내는 햇빛을
넓적한 손바닥으로 받아 마시고
극락조화 현란하게 핀 곳에
눈길이 가는 것을 멈출 수 없네

칠보의 채색을 볼 때마다
활짝 핀 꽃동산의 꽃이 된 마음
꽃가지를 꺾고 싶은 탐심을 내려놓아라

긴 꽃대를 안테나처럼 세우고
주황색 꽃받침으로 받든 진청색 꽃
천상에 감응된 환희를 담은
네가 걸어온 길을 알고 싶어라

그침 없는 노래 1

정토는 얼마나 먼 곳인가
코뚜레만 닳은 세월
언젯적 절터라고
비워놓은 노천 법당
바람도
여기 와서는 예를 갖춰 돌아들고

절집에 들어서는
차마 내가 나를 모르다가
머리 위에 빙빙 도는
솔매 아래 내가 있어
누군가 나를 노리던 그런 날도 있었구나

그루터기 우거진 잡초들
저 홀로 향기롭고
말씀 향기 새겼으니 두고두고
피울 그 꽃
나 또한 가슴에 심어 꽃을 들어 답하리라

그침 없는 노래 2

철 지난 억새꽃
눈물겹다
법열로 출렁이는
덜겅 속에 익은 머루
순한 짐승 눈빛이다

산문을 닫고
시누대로 먹을 가는 원효

바람도 결대로 불어
모서리 닳은 저 바위
사무친 한도
조금씩은 풀었으니
돌에도 핏기가 돌아
이끼 꽃도 피우는 걸

돌 속에
돌이 되고
알 속에서

알이 되면
삼동 지나 해동^{解冬}하여
새소리도 깨어나서
해동천 맑은 하늘에
어린 새를 날려보리

알이 되면
삼동 지나 해동 解冬 하여
새소리도 깨어나서
해동천 맑은 하늘에
어린 새를 날려보리

그침 없는 노래 3

절정에 닿아 선 기쁨보다
눈물이 더 가까워
면경 같이 씻고 닦아
들리느니 물소리 뿐, 녹이 슨 천년의 무게
노래로써 풀어내는

골안개로 불^佛지르고
노는 입에 염불하면
부리마다 반짝이는 무성한 잎사귀들

내 안에 뿌리 내리는
자작나무 한 그루

목숨이란
어딘가 부딪쳐 깨닫는 것이라

가슴에 품어온 천리를 발아래 내려놓고
전생의 나 같은 이
마주 오다 비껴 선다

목불 木佛

개금에 단청도 못 받은
주목나무 한 그루
죽어서도 눕지도 못하고
한 자리에 서서
세상에 관심이 많은 관음처럼 내려본다

어디 손 안 가는 데 없이
쭉쭉 뻗어 휘저은 팔
파릇파릇 움트는 몸
소리소리 지르더니
화두로 새겨둔 옹이도 삭아버린 텅 빈 공안

언 댓가지 끝에
울리는 눈 온 날
풍경소리는 노천露天에 선 천수천안
귀 속 환히 파헤치고
풀어진 생사윤회가 나이테로 감겨 있다

화두 하나

연붉은 아침 햇살
굽도리 닦아 올려놓고
하늘도 오래 보면 눈이 시려 아리운 걸
시위를 과녁에 대고
눈으로 당기고 싶은

아궁이 불에
희다 못해 푸른 동공이 열리고
빛이 있던 그 자리에 다시 돋는 어둠의 살
가슴에 옹이를 뽑아
관솔불로 밝혀볼까

아득히
멀어진 강물 끝에 잊혀진 얼굴 하나
정월 대보름달 같이 두리둥실 떠올라서
탱탱한 활 벌잇줄을
얼레 감아 당길 것을

빈 들판 불어가는

뼈에 저린 바람소리를
대오리 연살 벼리어 한지 위에 발라놓고
이 가슴에도 방구멍 하나
크게 뚫어 보았으면

돌 안의 새

가로 세로
먹줄 놓고 끊어 자른 절개지에
수억 년 전 갇힌 새가 깃을 털고 나르는데
더러는 암반에 박혀 천년쯤만 살았을까

세상에
어느 누가 반열품계 올랐을까
맨발로 설산 넘던 오체투지 발자국을
눈물로 새긴 우화석雨花石 뿌리 내린 걸 보면

정에 먹히고 쪼인 한 목숨은 불꽃같아
살을 깎는 산물소리 눈 맑히고 귀를 씻어
끝없이
흔들어 깨우는 바람의 몸도 보이는지

오늘이
그날만 같은 아득한 그 모습을
제 안에 우주를 안고 말없이 침잠했으리
어쩌면 그 입안에 든 세 치 혀도 삭았겠다

석굴암 가는 길

돌아든
산굽이마다 어깨 걸친 붉은 장삼
여기까지 걸어온 길
수미산은 못 닿아도 동해안
붉은 해돋이를
턱 아래로 보겠구나

등성이 올라
산이 되고 바람소리만 남아
숲을 실어 나르다가
명부전에 멈춰서고,
우리 님 앉으신 자리
너무 환한 공명인데

산 눈썹 위에 걸린 해는
서방정토 비추시나
가부좌 튼 검은 돌이 앉은 채로 성불하고
저물어 내려선 산길

산을 하나 지고 왔다

방광의 음영 1

한 방울 똑, 떨어지면
뿌리까지 흔들린 삶
흔들어 깨운 손이 산을 하나 옮겼으니
번뇌도 뿌리째 뽑아
햇살 아래 말리면서
삼동,
핏줄이 선
댓바람도 죽창을 깎다
쇠귀에 경만 읽던 도랑물도 얼었으니
무엇을 더 말해주랴
여기 놓인 영원의 끝
이 세상 슬픔이란
모두 저 못물로 가뒀으면
삼라만상이 다
그 안에 담겨져 있음이라
옷고름 대님을 풀 듯
수문부터 열고 볼 일

방광의 음영 2

다 풀어진
눈시울로 끈 떨어진 연을 본다

허공 끝에 놓인 인연 까치발로 목을 뽑고
입속에
맴도는 이름 가만 삼켜 눈을 뜬다

지그시 눌러 문 어금니를,

이제는 뽑아야지
새겨두고 앓던 슬픔 모름지기 뽑고 나면
한 그루
나무를 심어 꽃그늘로 채울 것을

맨발로 달빛을 밟고 가는
꽃나무가 아니라도
천 년을 자란 탑이
눈밭 위에 의연하니
빛으로 밝히지 못한 생사근원 눈 떠 볼 일

방광의 음영 3

가랑잎
한 잎 떨어지자
산문 안이 출렁인다

추녀마루 풍경소리
무주공산 헤엄치듯
해 안에 깃들인 새*가 산을 들어 옮기었나

제 마음 속
길을 따라 내려닫는 저 물소리,
열반적정 삼매에 든
이끼 낀 바윗돌 하나
한 소식 이루었는지 가부좌 치고 앉았다

생멸을 넘나들다
솔가지에 흔들린 달
비워서 채운 물속이라 하늘 끝도 잡았으니
이 강물에
발 담그면 사해四海 끝이 들리겠다

*해 안에 깃들인 새: 삼족오(三足烏)

방광의 음영 4

잎을 떨군
빈 가지는 하늘 꽃을 피워 들고
구멍 뚫린 창호지가
겨울피리 불던 날은
추녀 끝 눈 녹은 물이 옥구슬로 떨어졌다
말씀 한마디씩
실로 꿰어 수를 놓아 새겼으면
영산회상 불보살이 염화미소 비치실 일
한 땀도 새길 수 없는 별빛 같은 아픔 하나
세월도
감았다 푸는 연의 끈 낡으랴만
눈썹 푸른 강물처럼
눈 맑히고 귀 밝혀서 무명도 가만히 두면
꽃 한 송이 못 피울까

동안거 冬安居

몰아친 산간 칼바람
날개 돋쳐 사나워도 시월보름 상달 한 채
물 속 삼매로 가라앉아
걸리고 맺힐 것 없는 옭매듭을 풀고 있다
공양간 동자승이
젖은 행주를 쥐어짜듯
외롭게 입 다물고 화두 하나 움켜쥐면
목탁새
한 마리 찾아와 적막을 두드리고
얼어 터진 산문 돌쩌귀
문설주가 흔들려도 화두는
그만두고 깍지손도 못 풀어서
눈 내린 그런 날 밤은 뒤통수가 가려웠다
떡갈나무는 제 몸을
잎사귀 자국도 없이 내려놓고
상반신 벗은 산이
연화좌대 올라 앉아
노천에 홀로 선 부처
참선삼매 들었다

4 부

길의 표정

길의 표정

그대 모습 찾아 나선다
한길에 묻어 두었던 자국
바위로 굳어지고 있다

햇빛에 그을리고
구름이 드리워도
울창한 숲과 더불어
가슴속에 아스라이 깊어가는 길
휘어져 깊이 더 깊이 끌려드는 오솔길

잎새를 휘젓는 참새들의 소란
여름내 몸으로 달구던 체취
눈언저리 주름에 겹친 세월이
가파르게 내려가는 길

너의 표정을 읽을 수 없다

원효암의 가을

산 위에 암자가 있어
세상을 내다보려고 발을 뺀 듯
절룩이며
계곡물이 내달리는
산 아래
늙은 돌들이
도력 높은 진인처럼 처연하다

입동을 턱밑에 두고
한 소식들 하였는지
흘러드는 무애가를
잎새 떨군 나목들이
언젯적
바람소린지
귀 기울여 듣고 있다

도처에
살아서 숨 쉬는
신라의 숨결이

깎아지른 암벽 위에
물소리로 쏟아지는 찬란한
무지개 한 쌍
폭포 위에 걸리었다

여기, 50년 전
— 광복동에서

세 친구, 광복동 거리를 걸으며
지난날의 기억을 도배질한다

불길이 세차게 몰아친 건
억센 부산 바람이었다고
불꽃이 휘말아 가버린 판잣집 뒷자리에
사람들 마음을 얼어 붙였다고

눈빛을 반짝이며 먹성 좋았던 추억을
해일처럼 쏟아낸다

그때 살아남은 사람들
다시 일어날 수 있게 된 건
신용이 뿌리였다고……

50년 전 목소리처럼 카랑카랑하다
그런 불길이 다시 몰아치고
헐벗은 가난으로 되돌려 놓으면
신용의 뿌리가 되살아날지를

어눌한 목소리로 날려 보낸다

지금은
우뚝 우뚝 자라고 빽빽이 변모된 모습
칠색 무지개를 걸쳐놓은 듯 화려하지만
희미해질수록 더 아름다워지는
먼 회상의 목소리 속에,
그때를 열심히 들추어내고 있는
흐릿한 흑백사진 속에,
해풍에 말려오는
우정의 두루마리가 감기고 있다

탱고 1
−보카 까미니또*

따가운 햇볕 아래 어수선한 거리
탱고에 젖어있는 무희 땅게라*
파트너를 찾는 눈빛이 향수에
젖어있는 것처럼
춤추기를 바라는 맵시가 붉다

다리 길이대로 트인 탱고 춤의 차림새
파트너에게 감기는 동작에서
열정을 감고 돌아
그늘진 비애를 뿌리치려한다

삼각지에 늘어선 광고사진과 그림들
키 큰 나무들의 그늘을 벗 삼아
지난날의 탱고 춤을 읽어주고 있다
못 잊어 살아난 흔적에 매달려

차랑차랑 음색을 뿌리고 있는 차랑고*
무희의 고개와 다리를 어긋나게
돌아가게 하고 있을 때

애잔한 갈래로
과거를 불러들이고 있는 씨쿠스*
탱고의 호흡을 끌고
한낮의 햇빛 속에 익어가는

*보카 까미니또: 아르헨티나 탱고의 발상지이며 본고장
*땅게라: 탱고 춤의 여자 파트너
*차랑고: 작은 모양의 기타
*씨쿠스: 플루트의 일종

탱고 2
−사보라 전통극장*

무대의 천정에 별빛이 흐르고
관객의 얼굴에 환희를 적셔준다

6인조 오케스트라의 음색이 흘러나올 때
장기를 자랑하는
춤사위로 길을 여는 무희
온몸에 열정이 튀고
육감적인 리듬체조처럼
애잔하고 애환을 날려버리는 강렬한 춤을……

네 쌍의 무희가 군무하듯
파트너를 거침없이 바꾸면서
다리와 목줄기가 어긋나게 돌아가면
다리와 목줄기로 따라가는 관중들

높은 산마루를 오르는
테너의 절절한 고음에
무대가 좁아지고
남자 무희 네 명을

땅게라 한 명이 돌려 잡는 묘기를
뜬금없이 받아치는 여유
끝없는 정한情恨을 풀어주는
탱고의 춤사위

운문사에서

한낮을 찢는
매미 울음 초록물이 우러나서
등물하는 산꿩 소리에
돌부처가 눈을 뜨고 이제사
말문을 열어 여기 보라 기척한다

물소리 맑게 열리는 곳
산을 하나 풀어놓고
햇살도 따가워서 흙냄새도 달게 피는……

꽃그늘 아래 서 있으면
오솔길도 토라졌다

풀물이 든 젖은 종소리
강물같이 길게 눕고
어지간히 모질었나 돌도 삭아 꽃이 핀다

뜰아래 홍매화 피어
장명등을 밝히었다

등 돌려 앉은
선방부처 돌을 갈아 비춰보나
가까이 다가갈수록
멀어지는 정점 하나
돌확에 고인 물에도 달이 가고 해가 뜬다

을숙도 소묘

만면한 동해 일출,
실한 줄기 움켜쥐고
신운이 선 붓끝에는
서기마저 감돌아서
예각을
휘돌아치는 푸른 피가 향기롭다

내 몸은 가얏고,
맥을 짚은 중허리 튼튼하다
도무지
걷잡지 못할 힘이 솟는 팔뚝이며
장엄한 울림을 따라 내려딛는 맨발까지

거미줄에
이슬로 맺힌 풀벌레 울음소리
마음 뿌리 심어놓고
철철이 다녀가는
소란한 날갯짓 소리 슬프고 찬란하다

해질녘
먼 산머리 금동 불상을 앉혀놓고
오래된 갈대꽃도
한쪽으로만 쏠리어
실눈을 떠보는 하늘 눈썹이 무거웠다

알프스 만년설을 담아
-블레드 호반*

일어선 햇빛은 깊숙이 파고 들어
청옥수를 곱게 빗질하고
만년설에서 풀려나온 눈물〔雪水〕
호수에 평온을 깔아놓고 있다

섬으로 들어가는 나룻배의
노 젓는 소리 숨죽이고
조용한 파문을 열고 가는
백조의 갈퀴를 닮아갈 때
은빛 파랑을 타고 오는 바람과 인사를 나누기도

맑은 물속에서 머리를 내밀고
아이처럼 온몸을 드러내고 있는 수련垂蓮
잔잔한 주름살을 펴고 있는 거울호수에
천심을 전해주려고 하얀 꽃판을 펼치고 있다

'소원의 종'*을 세 번 울리고서
행복을 꽃다발처럼 가슴 가득히 안고
나룻배를 타고 섬을 돌아 나올 때

수련의 활짝 핀 웃음과
잔잔하게 파문을 일으키고 간
백조의 길을 찾아보지만
하늘빛만 내려와
호심에 잠겨있는 에메랄드 블루만
손짓하듯 남실거리고

*블레드 호수: 슬로베니아의 북서부 산악지대에 있는 줄리안 알프스 자락에 위치
*소원의 종: 호수의 섬 안에 있는 성보마리아승천교회의 종탑에 있는 '행복의 종'을 직접
  세 번 울리면 소원이 이루어진다고 하는 전설이 있음

해맞이
–사랑코트 전망대*

광망한 바다에서
빛을 뿌려 날아오르는 환성도
불끈 솟아오르는 광휘도 아니다

어둠을 헤집고
해맞이 고지를 숨차게 올라와
동쪽을 바라보고
태양신에게 경배하는
마음을 다잡고 있을 때
축복을 담아보려는 착각을 일깨워주는……

안나푸르나 남봉과 일봉을 건너뛰며
여명을 삼키고
가까스로 내려치는 빛발
황홀하게 뿌리는 눈발인 듯
빛을 내리깔며 산마루를 내려온다

사방에 둘러싸인 설산준령에
하얀 이불처럼

덮어쓰고 있는 설경
해맑은 눈길을 열며
펼쳐지는 백색광에 눈이 시리다

*사랑코트 전망대 : 네팔 안나푸르나 연봉을 원거리에서 조망하는 1,592m 고지

구엘 공원*

지중해의 반짝이는 물빛을 넘보는 산 중턱에
나무기둥처럼 돌기둥들을 세워
숲속의 운치를 더욱 살려놓고 있다면……

공원 입구 돌계단 옆에 용상龍象 모자이크
도마뱀보다 더 현란한 채색 옷을 걸치고
금방이라도 물길 따라 내려갈 용트림을 하다

갈지자 길을 비스듬히 따라 가면
광장을 받치고 있는 지하기둥과
천정에 새겨진 모자이크가 눈길을 끌고

백 개의 지하기둥을 지나
도리스양식의 돌기둥이 있는
산책로를 걷다 보면
지상의 광장이 넓은 가슴을 펴고 맞이하네

벤치로 둘러치고 있는 광장 난간
자연의 유동성을 재현해두었으니*

편안히 앉아 쉬어 갈 수 있는 타원형 광장

벤치와 등받이에 파도가 일고 있는 모자이크
수직과 수평의 모양새는 찾을 길 없지만
지중해의 물결을 타고 크루즈 유람하는 것처럼
청옥 같은 풍광을 앉아서도 보겠네

*스페인 바르셀로나 북쪽 언덕에 있는 공원. 1984년 공원 내의 건물들과 공원 내부의 모든
  시설물은 유네스코에 의해 세계문화유산으로 지정
*안토니오 가우디가 건설한 건축물과 조형물이 있는 공원

플라멩코
–안달루스 궁*

노래의 물결을 타고 흐르는 무대 위에
플라멩코 의상을 한 무희가 딱딱이를 치고
숨가쁘게 흘러내리는 치마폭이
수평으로 출렁일 때
통탄을 팽개치듯 구두 뒤축을 내려친다

2인조 기타의 선율에
무희의 춤사위가 시작되면
종달새의 지저귐처럼 천정을 찢는 소프라노
얼굴을 치는 것처럼 구두 뒤축을 내려치기도

몸사위를 좌우로 휘돌릴 때
멈추다 이어질 듯
양팔을 접었다 휘어잡으면서
손과 발이 쉴 새 없는 춤사위
구두 뒤축을 구르면서 춤이 되는 울림
얼빠지게 만드는 환상의 무대

구성진 노래에 맞춰

남녀무희의 춤이 한고비 올라갈 때
지팡이를 들고 나와 지팡이춤을
천지신명에게 고하는 호곡처럼
지팡이와 구두 뒤축을 함께 내려쳐
지축을 웃기려한다

＊스페인 세비아에 있는 플라멩코 공연장

법성포에서

벌겋게 달아오른
한낮 해를 가슴에 받아 놓고
무쇠 솥바닥도
물러빠질 불볕을 달구면서
제 뼈를 단련시키는
바닷물이 앓고 있다

화경이 비춰 환한 생의 밑바닥
바다는 저 눈부신 은밭이 되고서야
비로소
하늘을 바로
쳐다볼 수 있었으니

맥놀이 뛰고 출렁인다
살아 숨쉬는
세상 눈부시게 했던 지느러미 날개 접어
물이란 마지막 한 점
이름까지 버렸구나

장백폭포

죽어도 이 길로 가라시니,
지엄하다
돌아가거나 피해서 갈 요령도 꾀도 없이
사는 일 벼랑 끝이라도
이 길로만 가라시니

산산이 부서지고
흔적마저 사라져도
한소리로 울부짖는 천둥 같은 우레뇌성
한 핏줄
숨결을 따라 너도 따라 오라시네

마라도 일출

활짝 핀 바다
팔짱을 낀 어깨는 좁지만
사시장천
귀에 젖어 철썩이는 파도소리
뼛속에 저리고 드는 별빛도 닦아 놓고

해가 뜨고 지는 일이
손안에 구슬만 같아
베갯머리 앉았다
새벽 발치에 꽂히는 달

물 위에 연꽃 한 송이
옹이져 박혀 있다

거문고줄 넘나든 바람
눈빛도 푸르러서
빈 손 들고
한 발 앞서 봄을 맞는 꽃이다가
군불 땐 아랫목 밑은 손짐작에 밝아 들고

물마루 걸터앉은 섬이
쪽배처럼 흔들리다

늘 그만한 거리에서
바라만 보는 해바라기 영혼도 하얗게 태워
온 바다에
꽃씨처럼 뿌리겠다

회동수원지

산을 깨물은 물이 목까지 차오르다
가슴 가득 밀려드는 물을 끌어안고
몸이 기우뚱거린다

벅찬 몸뚱이
어쩌지 못해 푸릇푸릇 몸살을 앓는다
두 팔의 힘을 풀기 시작하는가
혼자서만 감당하기에는
너무 벅차다는 것을 알았을까
열린 수문으로
서서히 금보라 물줄기를 떨어뜨리는 것이다

터질 듯한 창고의
불룩한 배가 꺼져간다
낮은 곳, 주린 자들의
빈 부대에 싸라기 들어간다

세상 높은 곳에 있는 것들도
거두어두는 것은 벅차다

가진 자들의 지갑,
열어야 한다

넓은 세상으로 골고루 물빛이 돌아야 한다
내 아버지의 물방아도 돌리고
저 아랫마을 갈라진 논배미도 채워져야 한다

물가에 크낙새 날아오르듯
무거운 아버지의 얼굴에 허허허 날개 단 웃음
물꼬 터지는 세상 보아야 한다

간절곶 해돋이

내 안에 소용돌이치는
물소리 질긴 날은
희희낙락 조잘대는 바닷물로
넘치다가 새벽이 오는 벌판을
맨발로 뛰어갔다
대팻날에 잘게 씹힌 금빛 햇살
고명도 얹어 벌겋게 단 번철에다
굽힌 바다 뒤집으며
졸라 맨 허리띠라도 풀고 싶은 그런 날에
내일이란 정면을 향해
나르는 화살만 같아 한 걸음
뒤로 물러
뉘우치면 더 커지는 일
할 일도 없이
바빴던 젊은 날의 왕국이여
건강한 바닷새들
차가운 갯바위에 앉았다
두어 걸음 물러서다 또 다가서는 물 구비를
서릿발 돋친 칼날삼아 현弦 짚고 일어섰다

오일장 저잣거리

국솥에 소 눈알이
예감처럼 들끓어도
하얗게 질린 행장 마수 못한 등짐이다
주판알 굴려보듯이 머릿속이 따글따글
적자가 쌓였어도 넘치는
저잣거리 뜨겁게 달군 목젖
노을에 타고 있다
살아서 못 이룬 꿈이 꽃으로 피어날까
썰물 든 파장머리
얼큰한 활기 식고
대목장 주막거리 난전소리 카랑한 날
서산에 걸려있는 해
본전 밑을 맴도는데
뜨겁고도 뜨거운 솥뚜껑 삶
오장도 풀어지고 짊어진 짐도 풀어
웃전 얹어서라도 팔고 싶어
눈요기 쳇바퀴 돌다
발품만 팔고 돌아섰다

오륜대

멀리서 친구가 찾아오면
음반처럼 내려놓은 호수를 찾아 나선다

나무들의 행렬이 온 산을 둘러치고
호젓한 산길을 묶었다 풀어놓고
하늘의 눈빛처럼 푸르른 회동수원지

비가 올 때
수원지로 흘러내리는 물줄기 힘을 받아
촐랑대는 물소리 소란해도
눈이 자욱하게 깔릴 때는
나무들 사이에 성근 바람을 잠재우고
내밀한 발길을 엮어 추억을 새기는…

풍경소리 들리지 않아도
물가에 노닐고 있는
학의 춤사위에 젖어들고
가슴을 두들기고 가는 새들의 찬가
사각사각 유혹하는

갈대의 비음을 들을 수 있는 곳
감고 드는 시간이
유성기 복각판처럼 풀려나오는 오륜대

식물의 낙원
– 커스텐보시 식물원*

만 가지 식물을 불러 모은 터전
잔디밭 군데군데 세워져있는 청동상
함께 있기를 바라는 듯 눈빛이 따라오고
백년 넘은 교목들도 박수치듯 잎들의 환영

울창한 숲길을 들어서면
발길을 아둔케 하는 갈매의 그늘
터널을 이루고
우람한 몸뚱이를 으스대며 서 있는 교목들
하늘을 받치고 서 있는 모습 믿음직하다

사막의 식물들을 전시하고 있는
유리건물 속은
지하보물을 간직한 듯
원색의 꽃들이 분장을 한껏 하고 있지만
꽃향기를 땅속에 묻어 두었는지
인사 한마디가 없다

테이블 마운틴* 동쪽 식물낙원에

환상의 음악을 울려 퍼지게 할 때는
희희낙락하고 진초록 바다가 출렁이듯
넘쳐흐르는 생명들이 살고 있었다

*커스텐보시 식물원: 남아공 케이프타운에 있는 국립식물원. 1913년에 528헥타르의 방대
한 면적에 조성한 세계 10대 식물원 중에 하나
*테이블 마운틴: 케이프타운을 상징하는 산, 해발 1087m

피레네 산맥에 가렸던 별천지
—안도라 공화국*

발목 잡아 제키는 바윗길을 오르면
별이 쏟아져 내리는 소리 들리듯
청정한 신천지가 열리고

흰 천을 머리에 두른 듯
흰 눈이 굽이치는 선율을 보았을 때
국경을 접하고 있는 나라들
끌고 끌리는 기세를 보였지만
천혜의 자연 속에서 눈 밝은 사람이 있어
폭력과 완력을 내려놓게 하는 지혜를 담아
완충지대로 잡아 둔 아름다운 작은 나라

현란한 지상의 빛을 뿌리고 천연요새가 열렸을 때
천상의 별나라가 아니라도
지상의 별천지를 마중할 수 있는
세계로 향한 관문이 활짝 열린 분지에는
자국의 국기 휘날리고
한 나라가 온통 면세지역으로
'세계의 슈퍼마켓'이 되어 있음이여

손에 잡힐 듯
그림 같은 산과 산을 병풍처럼 둘러치고
건너뛰고 내려 뛰는 아름다운 산세
천상의 별을 헤지 않아도
이 분지에서 별천지를 찾을 수 있는
분주한 움직임이 신바람을 달고 와
돌아보고 싶지 않아도
뒤돌아보아지는 준령의 긴 호흡

*안도라 공화국: 스페인과 프랑스와의 국경을 접하고, 해발 2000m에 있는 인구 8만 명이
넘는 고산국가. 종래 안도라공화국은 1993년 국민투표를 통해 안도라공화국으로 의회민
주주의 독립국가로 실업자가 없는 나라. 국민소득은 4만 달러

생긴 대로 살아간다지만
― 하마河馬*에게

수면 위로 머리통을 쳐들고
작은 귀로 물기를 탈탈 털고
까만 눈빛으로 수면 위를 살피고 있는 괴물
귀와 눈은 몸체의 액세서리처럼 퇴화된 흔적

푸- 쿵
숨 가쁘게 물갈기를 뿜어낼 때
바라보는 이까지 숨 가쁘게 하는 짐승
원목처럼 강물에 떠돌다가
물가에서 등허리를 수면 위로 드러내고
무리 지으면 바위처럼 울퉁불퉁 보이기도 하지만

해가 떨어지면 초원으로 올라와
마구 해치우는 사나운 큰 입을 가지고
악어를 험상궂게 동강내는 괴력을 발휘하다가
사람 사는 주거지를 겁 없이 드나들며
방갈로 계단에 무더기 오물을 갈기는 것쯤이야

야음을 이용하여 초목이 있는 곳을 돌아다닐 때

음험한 자기방어를 시도하는 본능
순리도 역리도 있을 리 없는 수심獸心
인간세상에서 위험한 양태를 보이지 않는다면
서로 과민하지 않아도 지상낙원을 함께 할 수
있으련만

*하마: 아프리카 사하라 사막 이남의 강이나 호수에 분포. 몸길이는 4m 정도이고 어깨
   높이는 약 1.5m, 몸무게는 2-3 톤에 달한다. 낮에는 물속에 있다가 밤에 육지로 올라와
   나무뿌리나 풀 따위를 먹고 산다

몰운대 가는 길

이 길 따라 가면
내 자랄 적 어머니 만나겠지

떠나온 길 위에 소실점 하나 새겨 놓고
바다가 해명해 주는 바람 소리 붙잡는다

귀밑머리엔 솔 향이 짙고
깊은 눈은 산모퉁이 돌아오는
나를 기다리신다는데

굽은 어깨는 운무에 젖어 있어도
하얀 발등은 파도 속에 고우시다던데

저물녘 나를 기다리는
모닥불보다 따스한,
얼마쯤 더 가야 그 품에 들 수 있을까

들풀의 머릿결엔 어머니 동백기름 흐르고
하얗게 부서지는 파도는 어머니 머릿수건

붉은 카네이션 꺾어 가슴에 달면
거센 바다의 물결도 나를 위한 춤사위로
벼랑의 바람도 등 떠미는 동반자로

과녁으로 걸린 소실점 하나 붙잡아
내 마음 훨훨 화살로 날아간다

가덕도 동백꽃

팔소매 걷어 올리고
살찐 해초 건져다가 반상 위에 펼쳐놓아
소금 꽃을 피우는데
실뿌리 하나 내리자면 소금부터 되고 볼 일

세상이 몇 번을 바뀌도록
세월없이 가꾼 터전
화덕인 양 더운 가슴
꽃이라 여겼더니
동짓달 언 손이 터져
피를 토한 동백이다

뿌리 뽑힌 나무
두 손 두 발 다 들어도
멱살 잡고 파고드는
바다만 한 장사 없어
열일곱 푸른 용장이
바람보다 끈질기다

날마다 저물고 새는 날이
꽃처럼만 하랴
사는 일 섧다가도 문득 웃는 일화거니
신명도
피나게 닦아 새빨간 혓바늘이 돋쳐 있다

자갈치 새벽시장

바닷길
갯바람은 온 여름 손도 시리어서
꽃보다 붉은 슬픔 피 너울도 차가운데
얼음이 댓잎자리면 살도 베일 비명이다
털도 없이 민숭한 몸을 어디 내놓으라고
퍼덕이며 살아온 날
미명처럼 눈을 뜨다
바다를 벗은 잔등
제 울음 깔고 누웠다
목젖에 걸린 소금기
곪은 속도 다스릴까
목이 쉰 뱃고동이 속사정을 대신 울다
일없이 한가한 날은 등 기대고 앉았다
땀인지 소금인지
젖은 돈을 전대에 넣고
어판장에 널어놓았던 간도 꺼내 말리면서
목 놓아 외치는 소리에 새벽길이 뚫리었다

물과 부처의 시학
이광수 교수의 제2시집 『유수는 길을 만든다』

정 영 자 (문학평론가. 한국문인협회 고문)

　한 사람의 지성인이 자기를 풀어 담백하고 고아한 서정
의 하늘을 지키며 세상과 소통을 즐거이 한다는 것은 참
다운 선비의 길과 서민의 희로애락을 함께 하는 자유와
진정성의 삶을 보여주는 것이다. 표현의 절대 자유는 있
되 선뜻 자기를 드러낸다는 일은 쉽지 않은 일이다.

　아름다움보다는 그렇지 않은 부분을 클로즈 업 시키고
화려한 부분보다 멍들고 고달픈 생애의 인간 본성을 노래
한다는 것은 참다운 우리들의 모습을 보여주고자 하는 성
찰이다. 이러한 중심에 이광수 교수가 있다.

　그는 1935년 경남 양산 출생으로 2002년 《실상문학》
에서 시인으로 데뷔하고 2009년 《시조시학》에서 시조시
인으로 등단하였다. 서울대학교 사회학과를 졸업하고 경
북대학교 대학원에서 행정학박사 학위를 취득하였고 부
산대학교 행정학과 교수를 역임하였으며, 현재에도 부산
대학교 평생교육원에서 문예창작과정반을 지도하는 현역
교수의 치열한 삶을 살아가고 있다. 학문적인 성과로는
이미 1995년 부산시문화상 학술부문의 상을 수상하였

다.

 2012년 12월에 펴낸『부산문협 인명사전』에는 그의 시세계를 "서정시풍을 담고 주지시를 중심으로 칭작을 하며 현재의 삶을 가일층 치열하게 살아가는 가운데 인간의 본래 면목을 놓치지 않기 위해 미추의 다양한 모습을 찾고 있다."고 평가하고 있다.

 그의 시세계는 깨달음에 이르기까지 세월이 필요했고 향토적 서정성과 식물성 이미지가 강한 가운데 한 생애의 성찰과 물의 시학이 노래되고 있는데 그 바탕을 이루고 있는 것은 불교철학이다.

 투박하지만 천천히 그리고 성실한 삶이 시를 견고하게 받치고 있으며 애수나 낭만의 서정이 아니라 아픔을 삭인 세상과의 만남과 불교적 사생관을 바탕으로 물의 시학을 노래하는 여유와 순리를 가진 성찰의 시인이다.

1. 깨달음에 이르기까지 세월이 필요했다

 유수는 길을 열고
 그침 없이 물길을 만들어 갈 때
 낭떠러지를 만나도 어리둥절하지도
 절망하지도 않고
 담소潭沼를 만들어 쉬어가는 여유

 평퍼진 모래사장에 이르러서도
 노닐며 반짝반짝 멋을 날리기도

물길을 따라가다 보면
삶의 길을 보여주고 들려주네
느긋한 모습을 배우고 익히며
조급한 마음을 씻어내는 순리에 젖으면

생의 활력이 물길처럼 활짝 열리고
담소談笑를 만들 수 있는 지혜를
지구를 감싸고 있는 물에서 배울 수 없다면
어디에서 알을 깨고 나올 수 있으랴

–「유수는 길을 만든다」 전문

　최선을 다하여 열심히 살아온 사람이 말할 수 있는 지금 이곳의 성찰이요 배려. 흐르는 물이 길을 만들지 흐르지 않는 물은 길을 만들지 못한다. 때문에 세상일에 초연한 지식인의 역할은 없는 것이다. 길을 가기 위한 도정에서 만나는 온갖 일들이야 괴로움 그 자체일 수 있다. 그러나 그러한 일들을 제쳐두고 나설 수 없는 것이 현실이며 여기에 고뇌하는 중생이 있는 것이다. 불교의 초점은 언제나 고뇌하는 중생이요 그 삶의 현장을 주시하고 있다. 그 윤회의 실존을 극복하기 위하여 고통 속에서 참 인간의 모습을 찾기 위하여 노력하고 그러한 것들은 벼락같이 오는 것이 아니라 한 생애를 두고 파장을 주고 있는 것이다.
　물길에서 배우는 삶의 철학도 결국은 불교철학과 닿아 있다. 물길의 여유와 흔적이야말로 생애의 결과요 현장의

철학이기도 하다.

허공을 나는 새에게도 길이 있고 물살을 헤엄치는 물고기에게도 길은 있다. 사람에게도 가야할 길이 있고 행하여야 되는 인간의 길이 있다. 인간이기에 인간이 아니고 인간다워야 인간으로 존경받는다는 역사를 우리는 이미 알고 있으며 미래의 역사도 이것을 기록할 것이다. 시집의 표제시로 「유수는 길을 만든다」를 선택한 시인의 의도는 담담하게 그리고 확실하게 살아온 평생의 길을 흐르는 물로 노래하고자 하는 것이다. 때문에 시인의 삶은 부드러우면서도 세상과의 조우에 망설임 없이 자신을 던지는 조용한 실천인의 표본을 보여주고 있는 것이다.

철 지난 억새꽃
눈물겹다
법열로 출렁이는
덜겅 속에 익은 머루
순한 짐승 눈빛이다

산문을 닫고
시누대로 먹을 가는 원효

바람도 결대로 불어
모서리 닳은 저 바위
사무친 한도
조금씩은 풀었으니
돌에도 핏기가 돌아

이끼 꽃도 피우는 걸

돌 속에
돌이 되고
알 속에서
알이 되면
삼동 지나
해동解冬하여
새소리도 깨어나서 해동천 맑은 하늘에
어린 새를 날려보리

–「그침 없는 노래 2」 전문

개금에 단청도 못 받은
주목나무 한 그루
죽어서도 눕지도 못하고
한 자리에 서서
세상에 관심이 많은 관음처럼 내려본다

어디 손 안 가는 데 없이
쭉쭉 뻗어 휘저은 팔
파릇파릇 움트는 몸
소리소리 지르더니
화두로 새겨둔 옹이도 삭아버린 텅 빈 공안

언 댓가지 끝에

울리는 눈 온 날
풍경소리는 노천露天에 선 천수천안
귀 속 환히 파헤치고
풀어진 생사윤회가 나이테로 감겨 있다

-「목불木佛」전문

주목나무 한그루에서 관음보살을 만나고 꽁꽁 언 겨울날의 댓가지 끝의 풍경소리에서 중생의 아픔을 다 알아주고 보살피는 천수천안 관음보살의 자비를 노래하고 나이테야말로 생사윤회의 거듭되는 반복임을 시화한 절창의 시다.

세상의 모든 중생이 해탈할 때까지 성불하지 않겠다는 관음보살은 석가모니불의 입적 이후부터 미래불인 미륵불이 나타날 때까지 중생들을 고통으로부터 지켜주는 대자대비大慈大悲의 보살이다. 난파, 화재, 암살, 도둑, 사나운 짐승들에 의한 피해 등으로부터 세상을 지켜주며, 구제할 중생의 정신적 수준에 맞추어 서른세 가지의 몸으로 세상에 나타난다.

천개의 팔, 천개의 눈을 가진 관세음보살인 천수천안千手千眼은 모든 것을 보고 모든 일을 도와주는 자비의 화신이다. 중생의 고통이 있는 곳이면 어디든 달려가서 그 고통을 들어줄 자세가 되어 있는 분이다. 관세음보살은 한 번에 한 사람의 고통을 해결해주는 것으로는 부족하여 천명의 중생을 동시에 살피고 어루만져주기 위해 천 개의 눈과 천개의 손을 가졌다. 그래서 천수천안관세음보살이다.

물론 여기서 천 개란 단순히 천 개라는 뜻이 아니라 많다는 의미다. 무한 중생을 보살핀다는 뜻이다.

관음보살이 과거세의 모든 사람을 구제하기 위해 변화하여 나타낸 몸. 천 개의 손과 눈이 있어 모든 사람의 괴로움을 그 눈으로 보고 그 손으로 구제하고자 한다. 이와 같은 보살심을 이광수 시인은 개금에 단청도 없는 소박한 주목나무에서 만나는 상상력의 불교적 환희심을 획득하고 있는 것이다.

한 방울 똑, 떨어지면
뿌리까지 흔들린 삶
흔들어 깨운 손이 산을 하나 옮겼으니
번뇌도 뿌리째 뽑아
햇살 아래 말리면서
삼동,
핏줄이 선
댓바람도 죽창을 깎다
쇠귀에 경만 읽던 도랑물도 얼었으니
무엇을 더 말해주랴
여기 놓인 영원의 끝
이 세상 슬픔이란
모두 저 못물로 가뒀으면
삼라만상이 다
그 안에 담겨져 있음이라
옷고름 대님을 풀 듯

수문부터 열고 볼 일

−「방광의 음영 1」전문

시를 좀 쓴다고 하는 패기 있는 시인들의 시를 자세히 보면 언어를 가지고 꼬고 비틀고 뒤집어 엎으면서 현학적인 자기무죄의 변호로 세상을 비판하고 한탄하는 비관적인 흐름을 즐기는 것과 같은 인상을 받을 때가 있다. 기발한 착상으로 주목받게 쓰는 요령에 도통해 있는 듯하지만 읽고 또 읽으면 금방 싫증난다. 책임과 자유, 사랑을 아낌없이 준 사람의 체험적 본성에서 우러나온 자연스러운 삶의 철학이야말로 역사 속에 현실 속에 단단해진 내공의 시를 만날 수 있다. 이광수 시인의 시는 이러한 내공의 슬픔과 잔잔한 서정과 고향이 담겨 있다. 때문에 그의 시를 읽어간다는 것은 흘러간 우리들 역사의 아프지만 자랑스러운 옛 시간을 잇는 것이다.

2. 향토적 서정성과 식물성 이미지

양산은 지정학적으로 일찍이 개방, 개화된 지역으로 만고의 충신 박재상이 목숨을 버리면서도 충의를 지켜 그 민족혼은 양산인의 자존심으로 뿌리내렸으며 동래, 기장과 더불어 향교가 발전하여 전통을 지탱하여 온 역사의 고장이다. 항일의병활동, 3·1만세운동, 농민조합 항일투쟁, 항일청년운동 등 침탈당한 국권회복을 위해 항일운동에 앞장서온 충·효·열의 마을이다. 이광수 교수는 2009년 4월 1일 준공한 양산 항일독립운동 기념탑 준공식에 연시조로 헌시를 헌정하였다. "천성산 깊은 자락 민족혼 서렸으니/ 이곳에 자란 의인들 태극기 높이 들고/ 잃었던 주권 찾으러 앞장서서 외쳤다"

죽어 못 눕고
살아 떠나지 못한 그루터기
저렇게 선 나무도
뒷모습을 거느리는지
달 아래 제 그림자를 팔베개하고 누웠다
혈관을 타고 역류한
푸른 피도 향기롭게
그 싱싱한 몸뚱이로 새벽빛을 끌고 와서
비 개인 아침나절은
꽃 없이도 찬란하고
생전에 심은 나무 저승에서 기르시나
창호지 칸살마다
소복소복 쌓이는 풀벌레 소리
낱낱이 귓속에 담고 사랑채를 지키더니
한세상
지고 온 짐 헌옷처럼 벗어놓고
노잣돈 쌓아놓고
하늘 길도 보여주는
내 뜨락 까치 한 마리 봉황인 듯 울고 있다

－「벽오동의 노래」 전문

사람들은
굽어진 냇물 따라 대처로 가고
고삐도 놓아버린 밤낮 부린 늙은 암소
내 어린 콧물도 닦아 바다로 흘러갔다
어린 소나무
뼈가 굵어 아름드리 안아보다
모진 세월 살아내다 옹이져서 거칠어도
제 살을 깎아 세우는 이정표로 남아있고
나무도
오래일수록 어른을 닮아 근엄하고
한 자리에 부린 생애 저리도 넉넉하여
뒷짐에 큰기침하고 마을머리 들어섰다
무명베
질긴 안개라도 새벽길은 환하여서
한 걸음 내쳐 서서 선창하고 가는 물길
다정히 어루만지는 바람결도 향기롭다

－「석계리 추억」 전문

  고향의 추억이 담담하게 유수처럼 흐르는 마을 풍경으
로 남는 석계리는 세월 속에 한 폭의 그림이다. "사람들
은/ 굽어진 냇물 따라 대처로 가고/ 고삐도 놓아버린 밤
낮 부린 늙은 암소 / 내 어린 콧물도 닦아 바다로 흘러갔
다" 한 생애의 역사가 단 세 줄의 시로 압축되고 있다. 시

적 절제와 생략의 더 큰 감동을 시인은 자유자재로 활용
하면서 시공간을 넘나들고 있다.

3. 한 생애의 성찰과 물의 시학

물소리 귀에 가득한 날은
들길을 따라 가고 싶다

고삐 풀린 황소처럼 빈 들판을 헤매다가
우물에
물 한 바가지 반달만큼 퍼 마시고
자갈 모래
맨발로 밟고 땅 끝까지 걸어가서
지친 발목 어루만져 줄
그 바다에 발 담그고
비바람 눈보라 치는 날에
등대처럼 서고 싶어
돌아갈 수도 없는 땅 끝에 서면
텅 비워 다시 채우는
바다를 보겠지만
살아서 퍼덕거리는 그 몸짓을 알겠지만

터벅터벅 걸어가는 길의
끝이 어딘지 알 수 없는…

−「만행萬行」 전문

산 위에 암자가 있어
세상을 내다보려고 발을 뺀 듯
절룩이며
계곡물이 내달리는
산 아래
늙은 돌들이
도력 높은 진인처럼 처연하다

입동을 턱밑에 두고
한 소식들 하였는지
흘러드는 무애가를
잎새 떨군 나목들이
언젯적
바람소린지
귀 기울여 듣고 있다

도처에
살아서 숨 쉬는
신라의 숨결이
깎아지른 암벽 위에
물소리로 쏟아지는 찬란한
무지개 한 쌍
폭포 위에 걸리었다

　　　　　　－「원효암의 가을」전문

그의 은유는 은유의 기교에 멈추지 않는다. 이미지의 회화성과 함께 불교철학의 정신이 담겨 있다. 그냥 시로 읽을 시가 아닌 가슴으로 받아서 다시 머리로 삭혀야 하는 시이다. 시대정신이 있고 생존의 미학과 세월이 있다.

불의를 보고 정의를 외쳤으며 굴레를 보고 자유를 외쳤고 갈라진 마음을 하나로 귀일시키고 다양한 주장을 조화롭게 화해시켰으며 걸림을 보고 무애의 자유로움을 스스로 보여준 원효스님의 사상이 시의 바탕에 깔려 있다. 욕망에서 절제의 미학을, 가진 자의 기득권에 대한 집착을 보고 무소유로서의 해탈을 촉구한 시적 내용이 시의 이미지에서 오는 풍경과 낙엽 속에서 깊게 새겨들을 수 있는 시이다.

위태로운 산 위의 암자와 늙은 돌, 나목들이 든는 무애가, 절벽 위에 걸린 한 쌍의 무지개와 신라의 숨결로 이어지는 시의 흐름은 사상의 흐름이요 이미지의 연속이다. 일심과 화쟁과 무애로 표현되는 일관된 삶의 한 모습이 「원효암의 가을」이라는 시 한 편에서 읽을 수 있는 압축과 절제된 사상을 이해할 수 있을 것이다.

불교철학을 바탕으로 물의 시학을 삶의 여정으로 형상화 시킨 이광수 교수의 시는 분명 이 시대 지성인의 좌표이자 단단한 내공의 시적 담론이다.